AF314919

VENTE
Des Lundi 7 et Mardi 8 Novembre 1910
HOTEL DES VENTES, SALLE N° 2
A DEUX HEURES

EXPOSITION PUBLIQUE
Le Dimanche 6 Novembre 1910
DE 2 H. A 5 H. 1/2

FOURRURES

ET

CONFECTIONS

COMMISSAIRE-PRISEUR
M° MAURICE MOTEL
2., rue Chauchat

Faillite CHANEL (Claude), Négociant en Fourrures et Pelleteries
(13, RUE MONSIGNY)

2ᵉᵐᵉ VENTE AUX ENCHÈRES PUBLIQUES

En exécution d'ordonnance de M. le Juge-Commissaire

DE

FOURRURES ET CONFECTIONS

Manchons, Étoles, Cravates, Pèlerines, Cols, Chapeaux, Paletots,
Jaquettes, Manteaux en Astrakan, Zibeline, Hermine, Vison, Martre, Renard, Murmel,
Oppossum, Loutre, Skungs, Agneau, Caracul, etc.

PELISSES D'HOMMES FOURRÉES

En Astrakan, Rat gondin, Vison, Chèvre, Pattes de zibeline, Kid, etc.

COUVERTURES EN KANGOUROU

CONFECTIONS POUR DAMES

*Sorties de bal, Boas autruche, Écharpes en mousseline et crêpe de Chine garnies
de fourrures, Robes, Costumes, Manteaux en soieries et draperies,
Vêtements de sports, Gants en fourrures*

ÉTOFFES ET FOURNITURES

DRAPERIES, SOIERIES, DENTELLES, DOUBLURES, BOUTONS, PASSEMENTERIE

A PARIS

EN L'HOTEL DES VENTES, SALLE Nº 2

Les Lundi 7 et Mardi 8 Novembre 1910

A deux heures précises

PAR LE MINISTÈRE DE

Mᵉ MAURICE MOTEL

COMMISSAIRE-PRISEUR AU DÉPARTEMENT DE LA SEINE
22, rue Chauchat, à Paris.

EXPOSITION PUBLIQUE
Le Dimanche 6 Novembre 1910, de 2 heures à 5 h. 1/2

CONDITIONS DE LA VENTE

Elle sera faite au comptant.

Les adjudicataires paieront *dix pour cent* en sus des enchères.

L'exposition mettant le public à même de se rendre compte de l'état et de la nature des objets, aucune réclamation ne sera admise une fois l'adjudication prononcée.

Paris — Imp. de l'Art, Ch. Berger, 41, rue de la Victoire.

DÉSIGNATION

FOURRURES

1 — Manchon skungs.

2 — Manchon oppossum.

3 — Manchon martre.

4 — Manchon loup bleu.

5 — Manchon murmel.

6 — Manchon lièvre.

7 — Manchon astrakan gris.

8 — Manchon kangourou.

9 — Manchon caracul.

10 — Manchon caracul.

11 — Manchon astrakan.

12 — Manchon astrakan.

13 — Manchon caracul et renard blanc.

14 — Manchon loutria.

15 — Manchon loutre hudson.

16 — Manchon loutria garni skungs.

17 — Manchon renard Japon et liberty.

18 — Manchon skungs.

19 — Manchon murmel.

20 — Manchon vison.

21 — Manchon vison.

22 — Manchon putois.

23 — Manchon putois.

24 — Manchon pekan.

25 — Manchon putois.

26 — Manchon martre.

27 — Manchon martre.

28 — Manchon martre.

29 — Manchon martre.

30 — Manchon martre.

31 — Manchon martre.

32 — Manchon hermine.

33 — Manchon soie coulissée.

34 — Étole renard blanc.

35 — Etole renard blanc.

36 — Étole renard blanc.

37 — Étole renard blanc.

38 — Étole renard pointillé.

39 — Étole renard pointillé.

40 — Etole renard lustré noir.

41 — Étole renard bleu.

42 — Étole renard.

43 — Étole skungs.

44 — Étole renard du Japon.

45 — Étole breitschwanz et renard blanc.

46 — Étole skungs.

47 — Étole skungs.

48 — Cravate martre.

49 — Cravate martre.

50 — Cravate martre.

51 — Cravate martre.

52 — Cravate martre.

53 — Cravate martre.

54 — Cravate martre.

55 — Cravate martre.

56 — Cravate zibeline.

57 — Étole vison.

58 — Étole murmel.

59 — Étole murmel.

60 — Étole murmel.

61 — Étole murmel.

62 — Étole putois baïkal.

63 — Cravate putois.

64 — Cravate baïkal.

65 — Col baïkal.

66 — Cravate deux renards.

67 — Écossaise pekan.

68 — Écharpe oppossum et velours.

69 — Étole petit gris.

70 — Cravate lièvre teint.

71 — Étole putois.

72 — Col kamtschatkoff.

73 — Trois cravates vison.

74 — Cravate martre.

75 — Étole tussor vert et autruche.

76 — Casquette lapin.

77 — Bonnet agneau blanc.

78 — Deux cols hudson et lapin.

79 — Col pattes astrakan.

80 — Col skunks.

81 — Col astrakan.

82 — Col baïkal.

83 — Col mouflon.

84 — Chapeau de singe.

85 — Chapeau de lièvre.

86 — Paletot chevrette, col astrakan gris.

87 — Paletot poulain noir.

88 — Jaquette caracul et vison.

89 — Paletot loutre et hermine.

90 — Paletot caracul.

91 — Jaquette caracul.

92 — Vêtement caracul.

93 — Jaquette astrakan.

94 — Jaquette astrakan.

95 — Jaquette astrakan.

96 — Paletot hudson, col skungs.

97 — Jaquette hudson.

98 — Paletot lapin et skungs.

99 — Manteau hudson noir.

100 — Jaquette loutre et zibeline.

101 — Paletot murmel.

102 — Paletot murmel.

103 — Paletot murmel.

104 — Paletot murmel.

105 — Paletot poulain.

106 — Paletot murmel.

107 — Jaquette caracul et hermine.

108 — Manteau lapin garni renard Japon.

109 — Couverture kangourou.

110 — Costume agneau blanc.

111 — Costume agneau blanc.

112 — Paletot hudson.

113 — Jaquette astrakan en cours.

114 — Paletot chevrette et oppossum.

115 — Couverture kangourou.

116 — Collet cygne et velours.

117 — Sortie de bal renard blanc et soie rose.

118 — Sortie de bal mousseline et cygne.

119 — Pelisse ventre de petit gris, garnie oppossum.

PELISSES D'HOMMES

120 — Pelisse murmel.

121 — Pelisse rat gondin.

122 — Pelisse rat gondin.

123 — Pelisse rat gondin.

124 — Pelisse rat gondin.

125 — Pelisse vison, col astrakan.

126 — Pelisse vison, col astrakan.

127 — Pelisse vison, col astrakan.

128 — Pelisse vison, col astrakan.

129 — Pelisse vison, col astrakan.

130 — Pelisse martre, col kamtschatka.

131 — Pelisse nuques de vison, col astrakan.

132 — Pelisse astrakan.

133 — Pelisse pattes zibeline.

134 — Paletot chèvre.

135 — Paletot chèvre.

136 — Paletot kid.

137 — Intérieur de pelisse rat gondin, col astrakan.

138 — Cinq dessus de pelisse.

139 — Deux pardessus.

140 — Pardessus.

141 — Pardessus.

142 — Pardessus.

143 — Pardessus.

144 — Pardessus.

145 — Pardessus.

146 — Veston cuir.

CONFECTIONS POUR DAMES

147 — Cravate hermine et queues vison.

148 — Col hermine.

149 — Cravate hermine.

150 — Cravate hermine.

151 — Cravate hermine.

152 — Cravate hermine.

153 — Cravate hermine.

154 — Peau hermine.

155 — Cravate hermine.

156 — Quatre tours de cou autruche.

157 — Trois corsages blancs garnis dentelles.

158 — Gilet velours, culotte soie.

159 — Huit écharpes mousseline et jabots.

160 — Écharpe mousseline et jabots.

161 — Trois boas coq.

162 — Deux boas autruche.

163 — Col autruche blanche.

164 — Tour de cou autruche noire.

165 — Capuchon cygne blanc.

166 — Étole soie et autruche violette.

167 — Étole brodée et autruche blanche.

168 — Sortie de bal tulle or.

169 — Boa autruche blanche.

170 — Sortie de bal mousseline et autruche.

171 — Étole crêpe de Chine et autruche blanche.

172 — Étole mousseline et autruche blanche.

173 — Sortie de bal soie verte rayée et autruche noire.

174 — Étole taffetas bleu.

175 — Paletot et jupe velours écossais, garnis oppossum et une toque.

176 — Robe écossaise.

195 — Costume prunelle.

196 — Costume bleu.

197 — Costume damier.

198 — Jupe.

199 — Corsage taffetas imprimé vert, corsage tulle.

200 — Jaquette grise, une autre en cours de fabrication.

201 — Quinze cravates. (Sera divisé.)

202 — Costume lainage blanc.

203 — Costume noir et blanc.

204 — Costume et jupe.

205 — Costume rouge, pois noirs.

206 — Jupe verte, garnie poulain.

207 — Paletot noir et blanc.

208 — Deux bonnets et une casquette agneau.

209 — Trois paires gants fourrures.

210 — Bonnet, deux paires moufles.

211 — Écharpe, casquette.

ÉTOFFES, SOIERIES
DENTELLES & FOURNITURES

212 — Coupe étoffe diagonale violette.

213 — Coupe étoffe poil de chameau.

214 — Coupe étoffe chevronné taupe.

215 — Coupe étoffe diagonale grise.

216 — Coupe étoffe homespum.

217 — Trois coupons drap écossais.

218 — Coupe taupeline beige.

219 — Coupe étoffe écossaise.

220 — Coupe lainage noir et blanc.

221 — Coupe lainage noir et couleurs.

222 — Coupe lainage noir et blanc.

223 — Coupe lainage noir et blanc.

224 — Coupe lainage noir et blanc.

225 — Coupe lainage noir, blanc et couleurs.

226 — Coupe lainage noir, blanc et couleurs.

227 — Coupe lainage noir, blanc et couleurs.

228 — Coupe lainage noir, blanc et couleurs.

229 — Coupe lainage noir et blanc.

230 — Coupe cheviotte bronze.

231 — Coupe granité marine.

232 — Coupe homespum gris bleu.

233 — Coupe diagonale vert et loutre.

234 — Coupe serge blanc.

235 — Coupon velours vert.

236 — Coupon velours noir.

237 — Coupon velours loutre à côtes.

238 — Coupon peluche noire.

239 — Coupe façonnée blanc.

240 — Coupon étoffe imprimée, deux coupons
doublures.

241 — Deux coupons tulle blanc.

MIRE ISO N° 1
NF Z 43-007
AFNOR
Cedex 7 - 92080 PARIS-LA-DÉFENSE

graphicom

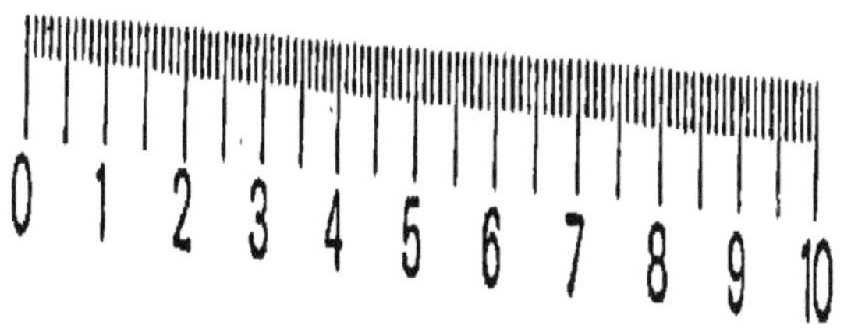

BIBLIOTHEQUE NATIONALE DE FRANCE

****

CHATEAU DE SABLE

1996